PASCU Y RODRI

DESTRIPANDO LA HISTORIA

LAS AUTÉNTICAS PRINCESAS

ALFAGUARA

ÍNDICE

BLANCANIEVES Y ROSARROJA

Blancanieves y Rosarroja

Resulta que existe un cuento de Blancanieves que no es el que todos conocemos y, aunque en él Blancanieves no es ninguna princesa, no podíamos dejarlo fuera de este libro.

Esta versión fue escrita, nada más y nada menos, que por los hermanos Grimm, aunque hay una versión más antigua llamada *El enano desagradecido*, de Caroline Stahl. Por una vez no nos remontaremos tan atrás en el tiempo y vamos a quedarnos con nuestros amigos Grimm, que son muy majetes.

Érase una vez una mujer que vivía en una cabaña en mitad del campo. En su huerto tenía dos rosales, uno de los cuales daba rosas blancas y el otro rosas rojas. ¿Y qué importa esto? Pues vamos a verlo.

Resulta que la señora era viuda y tenía dos hijas que se parecían a los dos rosales, una llamada Blancanieves y la otra Rosarroja. No entendemos muy bien cómo una niña se parece a un rosal, pero los hermanos Grimm lo escriben muy convencidos y nosotros somos fieles a ello, faltaría más.

Blancanieves era una niña muy tranquila y trabajadora y, aunque Rosarroja también ayudaba a su madre en casa, era una niña salvaje a la que le encantaba corretear por el bosque como loca.

A pesar de sus diferencias, iban siempre juntas y se querían muchísimo. A menudo iban al bosque a coger frutos silvestres y a jugar con los animales. Les daba igual que se hiciera de noche y, si ocurría, simplemente se tumbaban a dormir sobre el musgo sin que su madre se preocupase por ellas en absoluto.

Un día, al despertar con la luz del alba, se encontraron con un niño muy guapete y vestido de blanco que las observaba mientras ellas dormían. Muy turbio todo... Entonces se dieron cuenta de que se habían acostado cerca de un precipicio... ¡No se habían matado de milagro!

Al volver a casa, su madre les dijo tan pancha que ese niño era «el ángel de la guarda de las niñas buenas». Cuánta imaginación, madre.

No entendemos muy bien qué importancia tiene esto en la historia..., pero ahí queda.

Una noche muy fría, alguien llamó a la puerta de la casa de Blancanieves, Rosarroja y su madre. Rosarroja fue corriendo a abrir pensando que sería alguien perdido en busca de refugio, pero lo que se encontró fue a un oso gigantesco que se asomó por el hueco de la puerta. Rosarroja se volvió loca. Empezó a chillar, a subirse por las paredes..., de todo, hasta que su madre la tranquilizó junto con su hermana.

—Tranquilas, niñas —les dijo a sus hijas—. Este gigantesco oso carnívoro y con pinta de tener hambre solo quiere calentarse un poco.

Y, bueno, como esto es un cuento..., efectivamente, el oso solo quería calentarse un poco.

Las niñas se confiaron bastante y empezaron a jugar con él, a hacerle mimitos y esas cosas que se le hacen a un oso cuando entra por la puerta de casa, pero, cuando este veía que se estaban pasando, les decía:

—Cuidadín, pequeñas criaturas del infierno, no vayáis a matar a vuestro pretendiente.

¡Boom! Segundo momento turbio de este cuento que no parece importar a nadie. Repasemos. Un niño extraño te observa mientras duermes y un oso te dice que va a ser tu pretendiente. Todo bien. Sigamos.

Se fueron a dormir y, a la mañana siguiente, abrieron la puerta para que el oso volviera al bosque.

Desde ese día, el oso volvía todas las noches a la misma hora para sentarse junto al fuego y jugar con las niñas, hasta que llegó la primavera.

—¡Me voy y no volveré hasta después del verano! —les dijo a las niñas y a su madre.

—Ohhh... ¿Y adónde vas? —preguntó Blancanieves.

—Voy al bosque a cuidar mis cositas para que no me las roben los enanos —explicó el oso—. Durante el invierno se quedan en sus agujeros, pero ahora que hace calorcito salen y se van quedando con todo lo que encuentran.

Vale. A ver. Que nosotros sepamos, los osos hibernan, pero, por alguna razón, en este cuento el oso ha pasado el invierno en casa de Blancanieves y Rosarroja, y los que sí que han «hibernado» son unos enanos muy chungos.

Así que el oso partió hacia el bosque, dejando muy tristes a las niñas, pero, al salir por la puerta, se rozó con el pestillo y a Blancanieves le pareció ver algo así como oro bajo su piel.

Cuánto misterio...

Un tiempo después, la madre envió a sus hijas a recoger leña al bosque, y allí se encontraron con un enano al que se le había quedado enganchada la barba en una hendidura de la corteza de un árbol.

—Pero, vamos a ver, estúpidas, dejad de mirarme y venid a ayudarme a salir de aquí. ¡Feas, que sois unas feas! —les gritó el enano, que, como algunos estaréis pensando, sí, puede que sea el enano desagradecido ese de la versión de Caroline Stahl.

Las niñas eran muy buenas e intentaron ayudarle a pesar de sus malas palabras. Como no eran capaces de liberar su barba ellas solas, Rosarroja pensó que lo mejor sería pedir ayuda.

—¡¿Pero es que no podéis solo vosotras dos?! ¡Cacho de flojas, orcos de Mordor, HIJAS DE UNA HIENA! —volvió a gritar el enano.

—Ten paciencia, pequeño hombrecillo, que ahora lo arreglamos —le dijo Blancanieves.

Entonces, la niña sacó unas tijeras de su bolsillo y le cortó la punta de la barba. En cuanto el enano quedó libre, se marchó maldiciendo y gritando más cosas feas a las pobres criaturas.

Meses después se encontraron de nuevo con el enano en la orilla del río. Ojo, porque esto es enrevesado. Esta vez, la barba del enano se había quedado enganchada en un hilo de pescar que había lanzado un pescador *random*. Después, un pez enorme mordió el anzuelo y tiró del hilo.

Cuando llegaron las niñas, el enano estaba agarrado a las plantas de la orilla para que el pez no le arrastrase al agua. Desconocemos si el pescador no se daba cuenta de lo que ocurría o si, simplemente, pasaba de todo.

Las niñas intentaron desenredar el hilo de la barba del enano, pero de nuevo les fue imposible ayudarle, así que tuvieron que volver a recurrir a las tijeras.

—¡¿PERO QUERÉIS DEJAR YA DE CORTARME LA BARBA, IDIOTAS?! ¡OJALÁ TENGÁIS QUE CORRER SIN ZAPATOS Y OS DESOLLÉIS LOS PIES! —les gritó el tipo a las niñas mientras se iba de nuevo corriendo.

Pues muy bien, otro encuentro con el enano y a casa.

Poco después, la madre envió a las niñas a la aldea para comprar hilo, agujas y cositas para coser. De camino vieron un pájaro muy grande volando en círculos sobre sus cabezas, descendiendo poco a poco hasta tirarse en picado a por algo en el suelo.

Entonces oyeron gritos y corrieron para ver qué había ocurrido.

Y... ¿quién estaba allí? Pues, evidentemente, el enano inútil y desagradecido de siempre.

El pájaro resultó ser un águila enorme que tenía en sus garras al enano de las narices. Las niñas le sujetaron con todas sus fuerzas para que no se lo llevara, hasta que el ave se vio obligada a soltar al enano, no sin antes destrozar su ropa. Por supuesto, el enano culpó a Blancanieves y Rosarroja.

—¡YA PODÍAIS HABERME COGIDO CON MÁS SUAVIDAD! ¡NO PODÉIS SER MÁS TORPES! ¡Y FEAS! ¿OS HE DICHO YA QUE SOIS MUY FEAS? ¡SO FEAS!

Dulce angelito.

De regreso a casa, sorprendieron de nuevo al enano, que estaba jugueteando junto al camino con unas piedras preciosas que llevaba en un saquito.

El enano ya había empezado a gritarles groserías cuando, de repente, un enorme oso negro salió del bosque gruñendo de forma intimidante. El enano intentó huir, pero el animal le cortó el paso.

—¡No me comas, por favor! —le suplicó el enano—. Soy pequeñín, no tengo casi carne, no merece la pena... ¿PERO HAS VISTO A ESAS DOS NIÑAS GORDAS DE AHÍ?

El oso, que no estaba para aguantar tonterías, mató al enano de un simple zarpazo. Esto no os lo esperabais, ¿eh?

Después, el oso se acercó a las niñas, que se alejaban ya por miedo a ser las siguientes, y les gritó:

—¡Blancanieves! ¡Rosarroja! ¡Soy yo! ¡Vuestro amigo el oso *creepy*!

Ellas reconocieron su voz y se detuvieron. Cuando el oso se acercó, su piel se desprendió como por arte de magia, dejando ver en su lugar a un joven vestido con un traje dorado.

—¡NO SOY UN OSO! ¡SOY UN PRÍNCIPE! —exclamó—. ¡Ese sucio enano me había convertido en oso y la única forma de liberarme de su maldición era con su muerte!

Y ale, solo con decir eso ya está, amor para todos.

Blancanieves se casó con él, Rosarroja con su hermano, se repartieron los tesoros del enano y su madre vivió muchos años tranquila (por fin) y feliz con sus dos rosales, que cada primavera daban unas preciosas rosas blancas y rojas.

FIN

LA CENICIENTA VIETNAMITA

La Cenicienta vietnamita

La historia de la Cenicienta es otro de esos relatos que conocemos todos. Hay muchas versiones escritas en diferentes épocas, desde la antigua Grecia hasta ahora, y nosotros os vamos a contar la versión vietnamita de este cuento, *La historia de Tam y Cam.*

Hace mucho tiempo, hubo un hombre muy majete que tenía una hija llamada Tam. Como dato interesante, sabed que Tam significa «arroz partido», así que es un nombre chulísimo. La mamá de Arroz partido murió dramáticamente y su padre se casó con una mujer muy pero que muy mala.

Ya desde el primer día, su nueva madrastra la dejó encerrada en una habitación sola, quedándose sin asistir al banquete de boda y obligándola a irse a la cama sin cenar. Qué malvada.

Para colmo, enseguida nació su hermanastra Cam y entonces sí que se pusieron chungas las cosas. La madrastra trasladó a Tam a vivir en la cocina. La hacía trabajar limpiando, cortando madera, alimentando a los animales, sacando agua de pozos muy peligrosos (esperando que se ahogase) e incluso la enviaba al bosque a por leña (con la esperanza de que las fieras la devoraran).

No hace falta que digamos una vez más que era MUY malvada.

Tam era una niña superbonita y eso no le gustaba nada a la señora esta. Un día mandó a Tam y a Cam, su hermanastra, cuyo nombre significa «paja de arroz» (los nombres son de lo mejorcito de esta historia), a pescar en el estanque de la aldea.

—Como volváis con pocos peces, pienso azotaros y dejaros sin cenar —las amenazó.

Evidentemente, la madrastra nunca azotaría a su querida Cam, así que Tam se dedicó el día entero a pescar como una loca y llenar su cesta de peces, mientras que su hermanastra hacía la croqueta sobre el césped.

Al ponerse el sol, Cam se acercó a Tam y le dijo:

—Oye, hermanita, lávate un poco el pelo, que lo tienes lleno de barro, y si no tu madre te va a regañar.

Y, mientras la pobre Arroz partido se lavaba el pelo, Cam, alias Paja de arroz, alias HIJA DE SATÁN, vertió el pescado de su hermana en su cesta y se fue corriendo a casa.

Tam sabía que sería castigada, pero de repente se apareció ante ella... ¡la diosa de la misericordia!

—¿Qué ocurre, niña? —le preguntó con su voz de diosa.

—Pues mire usted, señorita que ha aparecido aquí de repente, sucede que me van a azotar muy muy fuerte —contestó Arroz partido.

Y, entonces, ¡puf! ¡Magia! En su cesta apareció un hermoso pez de aletas rojas y ojos dorados. La diosa le dijo que lo llevase al pozo de la parte trasera de su casa y lo alimentase tres veces al día con lo que le sobrase de su propia comida.

Es curioso que la forma de ayudarla fuera dándole un pez que se iba a comer la poca comida que le daban, pero, bueno, ese pez era su único amigo...

Cada vez que Tam acudía al pozo, el pez aparecía en la superficie para saludarla, pero, si alguien más iba por allí, se escondía enseguida en el fondo. La madrastra empezó a ver que la niña iba mucho al pozo, así que la mandó a buscar agua a un manantial muy lejano, se puso sus ropas y, haciéndose pasar por ella, llamó al pez, lo mató y lo cocinó.

Cuando Tam volvió y fue al pozo, lo único que quedaba allí era el agua manchada de sangre.

De nuevo, la diosa de la misericordia apareció y le dijo:

—No llores. Tu madrastra ha matado al pez, pero si encuentras sus espinas y las entierras te concederán cualquier cosa que desees.

Tam no encontraba las espinas, pero de repente apareció UNA GALLINA CHANTAJISTA que le pidió un poco de arroz a cambio de decirle dónde estaban.

Después de darle el arroz, la gallina le indicó dónde estaban las espinas y la niña las enterró bajo la triste esterilla donde la hacían dormir.

* ESTA NIÑA TIENE DEMASIADOS ANIMALES MANIPULADORES EN SU VIDA.

Un tiempo después se acercaba el Festival de Otoño y a Tam le hacía mucha ilusión asistir, pero la madrastra la obligó a terminar su trabajo antes de ir. Evidentemente, como era muy mala, le puso muchísimo trabajo para que en realidad no pudiera acudir nunca.

Puede que os estéis preguntando desde hace rato dónde estaba el padre de Tam. Pues nada, por ahí, viviendo la vida. La madrastra le había convencido de que su hija era muy mala, y que lo mejor era esclavizarla y centrarse en su otra hija, Cam.

A Tam no la quería nadie, pobrecita.

La pequeña Arroz partido rezó a los huesos de su pez para que la ayudaran y las moscas se convirtieron en gorriones que se pusieron a clasificar el grano con ella. Así, terminó a tiempo, se puso un brillante y precioso vestido azul y plateado que había conseguido también gracias a los huesos, y se fue al festival.

Cuando llegó allí, vestida como una ricachona y más guapa que nadie, llamó la atención de todo el mundo, incluidas Cam y su madre.

La madrastra y Cam empezaron a mirarla mal y Tam, nerviosa porque la descubrieran, huyó con tanta prisa que por el camino se le cayó uno de sus zapatitos.

Los soldados lo recogieron y lo llevaron ante el rey, porque eso es lo típico que hace un soldado cuando se encuentra un zapato tirado por ahí. ¡Nombren a estos hombres héroes nacionales ya, por favor!

Total, que el rey resultó ser un enfermo de los zapatos y, después de mirarlo un buen rato, dijo que eso era una obra de arte. Tras intentar encajarlo en el pie de todas las mujeres nobles del reino sin éxito, proclamó que aquella mujer que pudiese usar ese zapato se convertiría en reina.

Al parecer, el zapato era muy muy pequeño. Si os paráis a pensarlo, es normal, porque Tam era una niña.

Los soldados buscaron por ahí hasta que, de casualidad, la pobre Arroz partido se probó el zapato y, al ver que le valía, fue llevada a palacio, donde se casó con el rey y fueron muy felices juntos.

Pero la madrastra, como buena malvada que era, tenía que ser también muy vengativa, y aprovechando que Tam volvió a casa para el cumpleaños de su padre, le pidió que se subiera a un árbol a coger unas nueces para los invitados. Por algún motivo, aunque ya era reina, Tam le hizo caso. Una vez que estuvo arriba, la madrastra cortó el árbol, que se desplomó matando a Tam. Así de fácil.

—¡Ji, ji, ji, ji, ahora nos deshacemos de su cuerpo, le decimos al rey que murió en un accidente y mi querida hija Cam se convertirá en reina! —dijo, en plan villana malvada.

Y así fue. Cam se convirtió en la nueva esposa del rey.

Pero Tam era tan tan buena que su alma no murió. Se convirtió en un ruiseñor que vivía en el jardín del rey. Allí, este la oyó cantar de forma superbonita.

—¡Me flipa cómo canta este pájaro! ¡Si fuese el alma de mi amada reina Tam, dejaría que viviese en la manga de mi chaqueta! —dijo el rey (más o menos).

Entonces, el pájaro voló hasta las mangas del rey y frotó la cabecita contra su mano. Desde entonces, el pájaro fue puesto en una jaula dorada junto a la habitación del rey, y este se quedaba horas mirándolo y escuchándole cantar.

Cam, la hija de Satán, se puso muy celosa y pidió consejo a su madre. Esta, que solucionaba cualquier problema matando a todo lo que se le pusiera por delante, le sugirió matar al pájaro, cocinarlo y tirar sus plumas por el jardín... Y eso hizo ella.

Cuando el rey volvió y encontró la jaula vacía, hizo que todos buscasen al ruiseñor, pero no pudieron encontrarlo. Cam se hizo la loca y el rey se rindió, dejando de buscar y quedándose muy muy triste.

De nuevo, el alma de Arroz partido se transformó en un árbol precioso que dio una sola fruta redonda, grande y dorada.

Un día, una anciana que pasaba por allí dijo una especie de palabras mágicas al azar prometiendo no comer nunca la fruta, y esta cayó en su bolsa. La llevó a su casa y la puso sobre la mesa. Al día siguiente, su casa había sido limpiada y ordenada, y al volver de hacer la compra le esperaba una deliciosa comida caliente en la mesa. La vieja se mosqueó. Normal, está bien eso de que tu casa se limpie sola, pero es raro.

Así que, al día siguiente, fingió salir de su casa y se escondió a observar lo que ocurría dentro. Entonces vio cómo una bella joven salía de la fruta dorada y comenzaba a poner todo en orden. La anciana entró corriendo y peló la fruta para que la chica no pudiera esconderse de nuevo dentro.

Todo el mundo sabe que, si pelas la fruta de la que ha salido la chica esa que te limpia la casa, ya no podrá volver a entrar. Tiene todo el sentido del mundo.

Total, que la joven no tuvo más remedio que quedarse allí a vivir con la anciana, a la que empezó a tratar como si fuese su propia madre.

Un día, nuestro querido rey se perdió durante una cacería. Estaba anocheciendo y casualmente se topó con la casa de la anciana, donde buscó refugio. Allí, la anciana le sirvió un té y un betel (que hemos investigado y es como una especie de pastita).

—¿Quién ha hecho este betel? —preguntó el rey—. ¡Es como el que hacía mi difunta y querida reina!

—Ay, querido, solo es mi indigna hija —contestó la vieja.

«MI INDIGNA HIJA». OJO. O sea, que te limpia la casa, ordena, cocina, etcétera, y tú la llamas «mi indigna hija». Indignante.

El rey ordenó a la anciana que trajera a su hija, y entonces se produjo el típico reencuentro peliculero lleno de lagrimones entre Tam y el rey. Después, Tam fue llevada de vuelta a la ciudad, donde volvió a ejercer de reina.

Cam seguía por allí, pero, desde que su hermanastra volvió, el rey pasaba de ella a tope, así que estaba bastante desesperada por llamar su atención.

—Queridísima hermana, ¿cómo puedo volverme tan blanca como tú? —preguntó a Tam.

Creemos que, después de todo, podría haberse ahorrado lo de «queridísima». El caso es que su idea era que, quizás, si era tan bella como su hermana, podría ganarse el corazón del rey.

Y, de repente, a Arroz partido le dio un flus de psicópata asesina y le dijo a su hermanastra:

—Mira, es muy fácil. Lo que tienes que hacer es meterte en esta bañerita de agua hirviendo que te acabo de preparar. Ya verás qué blanca te vuelves...

Cam se lo creyó y murió de una forma horrible. Cuando la madrastra se enteró de la muerte de su querida hijita, lloró hasta quedarse ciega y, poco después, murió de pena.

Y así, finalmente, la reina vivió feliz junto con el rey para siempre.

KHUTULUN

Khutulun

En este libro no solo hay hueco para las clásicas princesas de cuento, también vamos a dedicar este capítulo a una salvaje y famosa guerrera de Mongolia:

Khutulun

Su padre, un tal Kaidu, no era un rey propiamente dicho, pero llegó a ser el gobernante más poderoso de Asia Central. Y si Disney puede ponerle el título de princesa a quien le dé la gana..., ¿por qué nosotros no?

Gengis Kan, fundador del primer Imperio mongol, dividió este en cuatro secciones para cada uno de sus hijos y nietos. Estos acabaron llevándose regular y todo desembocó en una guerra de sucesión que supuso la aparición de cuatro kanatos o regiones.

Khutulun era la única hija de Kaidu, señor de uno de estos kanatos y primo de un tal Kublai Kan, un tipo muy importante con el que se pegaba de vez en cuando.

En esa época era habitual que las mujeres luchasen y entrenasen con el arco, pero ella iba mucho más allá. Crecer con quince hermanos mayores no fue algo fácil, así que se las apañó para dominar el tiro con arco y el *bökh*, un tipo de lucha libre mongola en la que derrotaba a sus hermanos. Además, era una auténtica maestra montando a caballo. Si hubieran existido Olimpiadas, Khutulun se habría llevado el oro en todas las categorías femeninas.

Khutulun siempre luchaba junto con su padre, y él la consideraba su mejor guerrero. Se dice que en cada combate iba siempre la primera, y que su inteligencia y su destreza la convirtieron en su gran consejera y en su mano derecha.

Marco Polo la conoció mientras ella estuvo al servicio de Kublai Kan, el primo de su padre, con el que también se pegaba de vez en cuando, y que contó con ella para enfrentarse a la dinastía Yuan de China. El mercader veneciano la describió como una guerrera brutal y «capaz de entrar en las filas enemigas tan rápido como un halcón a llevarse un pollo».

Pero, claro, si eras mujer, tenías que casarte, no quedaba otra. Y, cuando su padre le dijo que debía hacerlo, ella puso una condición. Solo se casaría con aquel que fuera capaz de derrotarla en un combate de *bökh*. Los pretendientes, además, tenían que apostar su caballo y dárselo a ella si perdían.

Bien..., pues Khutulun llegó a tener 10.000 caballos. TO-MA.

Como algunos hombres muy machitos vieron su orgullo herido, empezaron a extender por ahí el rumor de que Khutulun y su padre estaban liados. Para acallarlos, no le quedó más remedio que casarse finalmente.

Sin embargo, no se sabe demasiado de la identidad de su marido. Unos dicen que fue un prisionero de su padre y, otros, que se enamoró de Ghazan, el gobernante mongol de Persia. No sabemos si le ganó o no le ganó el famoso combate. Probablemente, no.

Kaidu intentó nombrarla su sucesora antes de morir, pero a sus quince hermanos no les hizo mucha gracia. Al fallecer su padre, comenzaron las disputas por la sucesión. Finalmente, nuestra princesa tuvo que apoyar a uno de sus hermanos, Orus, a cambio de que la dejase ser general de sus tropas.

Murió a los 45 años, en el año 1306.

Como curiosidad, os queremos contar que, hoy en día, los luchadores de *bökh* llevan una camisa con el torso abierto y, al ganar un combate, hacen una danza para mostrar de nuevo su torso y que todo el mundo vea que no es una mujer la que ha ganado.

Además, se cree que Khutulun fue la inspiración para la creación del personaje de Turandot, que aparece en *Los mil y un días*, la recopilación de cuentos persas hecha por un tal François Pétis de la Croix hace mucho tiempo.

Ese cuento se convirtió en una famosa ópera con música de Giacomo Puccini y Franco Alfano, y entre sus canciones está una de las arias para tenor más famosas, *Nessun dorma*.

Mira qué bien, oye. Un capítulo en el que hemos aprendido sobre historia mongola, lucha libre y ópera. ¡A por el siguiente!

LA PRINCESA RANA

La Princesa Rana

En este capítulo nos trasladamos a Rusia de la mano de Aleksander Afanasyev, un folclorista, escritor, filólogo y simpático ruso que fue el primero en recopilar cuentos tradicionales eslavos y editarlos en varios libritos. Gracias a él descubrimos la historia de «la Princesa Rana» o «la Zarevna Rana».

Esta vez no os vamos a descubrir la historia oculta tras una princesa que ya conocíamos, pero, oye, nunca viene mal conocer alguna nueva. Como es habitual, existen varias versiones de este cuento y, dado que Afanasyev es un señor superimportante en el mundo de los cuentos, vamos a quedarnos con la suya.

Érase una vez un zar que tenía tres hijos. Estos empezaban a ser mayorcitos, así que un día los reunió y les dijo:

—Vamos a ver, niños... Se os está pasando el arroz y yo quiero tener nietos y entretenerme con ellos. ¡Así que a criar!

—Claro que sí, padre. ¿Con quién quiere casarnos? —respondieron ellos.

—Pues mirad, vais a salir al campo y disparar una flecha al aire. Allá donde caiga la flecha debéis buscar a vuestra esposa.

Los hijos cogieron sus arcos y tres flechas y salieron al campo siguiendo el consejo de su padre, que no era PARA NADA una idea terrible.

La flecha del hermano mayor cayó en el palacio de un boyardo. ¿Y qué es un boyardo? Pues nosotros os lo decimos, que lo acabamos de mirar. Viene a ser lo mismo que un noble. El caso es que la hija del señor boyardo cogió la flecha. Ale, boda.

La flecha del segundo hermano cayó en el patio de un mercader, con la mala suerte de que atravesó el pecho de su hija... Vale, NO la atravesó. ¡PERO HUBIERA SIDO LO MÁS NORMAL CON ESTE JUEGO TAN PELIGROSO! Simplemente la recogió y, ale, otra boda.

La flecha del hermano menor, Iván, se perdió de vista en el cielo y este tuvo que partir en su búsqueda. Tras mucho andar llegó hasta un pantano, donde una rana sostenía su flecha entre sus patas mientras saltaba de piedra en piedra.

Iván le pidió amablemente que le devolviera la flecha, y la rana respondió:

—Pero te casas conmigo.

—¡¿PERO CÓMO ME VOY A CASAR CONTIGO?! ¡SI ERES UNA RANA! —exclamó el príncipe.

—Que sí, que te casas conmigo.

El hermano menor se quedó muy triste. Por alguna razón llegó a la conclusión de que no tenía más remedio que casarse con la rana, así que la cogió en sus manos y se la llevó a casa.

Un día, una vez que se habían celebrado ya las tres bodas, el zar hizo llamar a sus hijos para organizar una especie de competición con la que cada esposa debía demostrar quién tenía mejores dotes para la costura haciéndole una camisa para el día siguiente.

Los hijos le dijeron que claro que sí, que no tenían otra cosa que hacer, pero Iván volvió muy triste a sus aposentos. Allí, la rana le preguntó:

—¿Por qué estás tan serio?
—¡Mi padre quiere que le hagas una camisa para mañana! —dijo Iván, desesperado.
—No te preocupes, tú vete a dormir, que yo me encargo.

Iván se fue a dormir muy preocupado. Es evidente que las ranas no saben coser, así que le entendemos, pobrecito.

Pero, en cuanto el príncipe se durmió, la rana se desprendió de su piel y se convirtió en una hermosa mujer, Vasilisa la Sabia. Y Vasilisa no sabía coser, pero debía de tener poderes mágicos o algo porque con solo pedirlo al aire y dar palmas aparecieron unas maravillosas ayudantes que hicieron una camisa preciosa.

A la mañana siguiente, cuando Iván despertó, la rana seguía dando saltos por ahí y sobre la mesa estaba la camisa muy bien dobladita. La cogió y se la llevó a su padre, quien fue desenvolviendo y valorando las tres, una por una.

—Hijo mayor, esta camisa es muy cutre, no me gusta. Querido hijo mediano, la tuya es una mierda. —Tal cual, según Afanasyev, le dijo: «No vale más que para ir al baño».

Y por fin llegó el turno de la camisa «hecha» por la esposa de Iván.

—¡ESTA CAMISA ES BRUTAL! —exclamó el zar. Más o menos.

Los hermanos, que en un primer momento se habían burlado de Iván por casarse con una rana, volvieron a sus aposentos convencidos de que la mujer de este no era una rana, sino una bruja.

Otro día, el zar, que al parecer se aburría mucho y solo había casado a sus hijos para su entretenimiento personal, volvió a llamar a los hermanos.

—¡ME ABURRO! ¡Nueva competición! ¡La nuera que me cueza el pan más blanco y tierno para mañana gana! —les dijo.

Aquí empieza el típico bucle de cuento en el que todo se repite: el príncipe vuelve triste a su habitación, la rana le pregunta qué le pasa, él se lo cuenta y ella le dice que se vaya a dormir, que se encargará ella de todo.

Pero esta vez las mujeres de sus otros hermanos enviaron a una criada a espiar cómo cocía el pan la supuesta bruja. La rana, que era muy lista, adivinó sus planes y fingió que hacía un pan horrible que las otras mujeres copiaron.

Después, volvió a despojarse de su piel, se convirtió en Vasilisa la Sabia y encargó a sus esclavas mágicas que le hicieran un pan perfecto.

A la mañana siguiente, al entregar los panes al zar, este mandó que sirvieran los de los dos hermanos mayores a los sirvientes sin ni siquiera probarlos. Eran un desastre, claro, porque habían seguido la receta de una rana que tampoco sabía hacer pan cuando tenía forma humana.

El zar quedó maravillado con el pan de la Princesa Rana y ese mismo día ordenó a sus hijos que acudieran con sus mujeres a una fiesta que iba a celebrar al día siguiente.

Una vez más, Iván volvió triste a sus aposentos. ¿Cómo iba a ir a la fiesta con una rana? ¡Todos los invitados se reirían de él! Pero la rana le tranquilizó de nuevo diciendo:

—No seas tan dramático, anda. Ve tú solo, que ya me reúno allí contigo.

Además, la rana le dijo que con su llegada se oiría un estruendo enorme que asustaría a los invitados, así que Iván debería tranquilizarlos diciendo: «Solo es mi renacuajo, que llega en su carruaje». Qué cachonda la rana; «mi renacuajo», dice.

El príncipe acudió solo a la fiesta, donde sus hermanos y sus mujeres se burlaron de él y de su Princesa Rana. En cuanto se sentaron y empezaron el banquete se oyeron truenos y las paredes temblaron. Todos los invitados estaban aterrados, así que Iván procedió a soltar su maravillosa frase del renacuajo.

Entonces, una carroza de oro tirada por seis caballos blancos se detuvo en la puerta y de ella bajó la hermosa Vasilisa la Sabia. Iván, que debía estar flipando, se acercó y la cogió del brazo para acompañarla a su mesa.

Vale. Aquí Vasilisa empezó a hacer cosas raras. Lo primero fue echarse aposta, por encima de la manga izquierda, una copa de vino tras haberse mojado un poquito los labios. Lo segundo, comerse una alita de cisne y echarse los huesos en la manga derecha. Pese a que esto era algo muy raro que solo haría una persona perturbada, las mujeres de los hermanos mayores la imitaron.

Una vez terminado el festín, durante el baile, Vasilisa sacudió su manga izquierda y ante ella apareció un lago. Así, en mitad del palacio. No entendemos muy bien cómo gestionaron este asunto, si era muy profundo o qué, pero de lo que estamos seguros es de que el palacio iba a tener unas humedades terribles.

Luego agitó la manga derecha y... ¡PUM! Aparecieron unos cisnes muy bonitos que se pusieron a nadar por el lago.

Todo el mundo flipaba, claro.

Las mujeres de los hermanos mayores salieron a bailar y también sacudieron sus mangas, pero lo único que consiguieron fue mojar de vino a los invitados y lanzar huesos de cisne en todas direcciones, con la mala suerte de que uno dio en el ojo del zar, quien las echó de la fiesta muy enfadado.

Iván aprovechó el jaleo para ir a sus aposentos, donde encontró la piel de la rana y la tiró al fuego. Mal. ERROR.

—¡OH, DIOS MÍO! ¡QUÉ HAS HECHO! —le reprochó su esposa—. ¡Solo tenías que esperar tres días más y habría sido tuya para siempre! Ahora tendré que irme.

Antes de convertirse en un cuclillo y salir volando por la ventana, le dijo que se iba muy muy lejos, a los dominios de un tal Koschéi el Inmortal, esqueleto sin carne, cuerpo sin alma.

Qué yuyu.

Iván lloró mucho mucho. Igual no habría estado mal DECIRLE EN ALGÚN MOMENTO ESO DE LOS TRES DÍAS. Qué calladito se lo tenía la Princesa Rana-Cuclillo esta...

El caso es que Ivancito echó a andar y andar hasta que sus botas se quedaron sin suela, su ropa hecha jirones y su gorro destrozado por la lluvia. Un día se encontró a un viejo en mitad de un camino:

—¡Qué pasa, chavalote! ¿Qué te cuentas? ¿Adónde vas?

Iván le contó todo el dramón y entonces el anciano le dijo:

—Vamos a ver, hermoso mío. Todo el mundo sabe la historia de Vasilisa y su padre. Ella nació más inteligente que él, y el padre, enfadado por ello, la condenó a vivir tres años transformada en rana. Anda, como das un poco de penica, toma este ovillo de hilo. Déjalo rodar y síguelo.

Y así empieza la aventura de Iván andando detrás de un ovillo. Esto no acaba nunca.

Un día, mientras el ovillo rodaba por un bosque, salió un oso de entre los árboles. Iván sacó su arco para matar al animal, pero el oso le dijo:

—No me mates, que algún día te prestaré un buen servicio.

Y, claro, si te encuentras con un oso que habla y te dice eso, pues sigues adelante y lo dejas en paz. Es lo que haríamos nosotros, vamos...

Y aquí, queridos amigos, entramos en el bucle de cuento número dos, en el que Iván se encuentra con una serie de animalitos y todos le dicen que no los mate, que le prestarán un buen servicio: un pato, una liebre y un pez que agonizaba en la arena.

Ojo, que ahora van a volver a pasar cosas raras. Estos rusos...

Un tiempo después, llegó a un bosque en el que halló una especie de casita giratoria con patas. Sí, sí, una casa giratoria con patas, habéis leído bien.

—Casita, casita, detente con la pared trasera mirando al bosque y la puerta hacia mí —dijo Iván, que ahora resulta que era mago o algo así.

La casita se detuvo y al entrar Iván se encontró con la famosa bruja Baba Yagá.

La bruja preparó un baño al viajero, le dio de comer y de beber, y este le contó qué hacía allí. La bruja, por supuesto, ya sabía que Iván estaba buscando a Vasilisa la Sabia y que ella vivía en el palacio de Koschéi el Inmortal. Evidentemente, un tío apodado «el Inmortal, esqueleto sin carne, cuerpo sin alma» no podía ser un blandengue.

—Ojito, que el Koschéi ese es un mal bicho y no dejará que su hija se vaya. Vencerle no te será fácil —le dijo la bruja.

Y entonces le explicó al príncipe cuál era la única forma de derrotar a tal terrible villano:

«La muerte de Koschéi se encuentra en la punta de una aguja, la aguja está encerrada en un huevo, el huevo en el interior de un pato, el pato vive dentro de una liebre, la liebre está encerrada en un cofre de piedra, y el cofre se halla en la copa de un alto roble del que cuida Koschéi como si fuera la niña de sus ojos».

Sabemos que no paran de pasar cosas absurdas en este cuento, pero no podemos hacer nada, es así. Y lo que queda no va a dejar de sorprenderos.

Iván pasó la noche allí y emprendió su marcha en busca del cofre a la mañana siguiente. Cuando, por fin, halló el alto roble en cuya copa se encontraba el cofre de piedra, fue incapaz de escalarlo o sacudirlo para que la caja cayese.

De repente apareció un oso, que tiró el árbol abajo. El cofre cayó, se rompió y de él salió una liebre que echó a correr como loca. Otra liebre le dio alcance y la mató a patadas, pero de su cuerpo inerte salió un pato que echó a volar. Por supuesto, apareció otro pato que mató al primer pato, que al morir puso un huevo que cayó y se hundió en el mar.

Iván se volvió a poner triste al no ser capaz de encontrar el huevo en el fondo del mar, pero, por suerte, apareció su amigo el pez nadando hacia la orilla con el huevo en la boca. El príncipe cogió el huevo y se fue en busca de Koschéi el Inmortal.

Solo con ver el huevo, Koschéi se cagó en los pantalones. Iván iba pasándose el huevo de una mano a otra y, sin tener que hacer nada más, Koschéi se retorcía de dolor. Entonces Iván cascó el huevo, sacó de dentro la aguja y le rompió la punta, poniendo así fin a la vida de Koschéi el no-tan-inmortal, esqueleto sin carne, bla, bla, bla...

Vasilisa apareció en la estancia y besó a su esposo de forma apasionada. Ambos volvieron a su palacio, donde vivieron felices hasta el fin de sus días.

Los cuentos rusos nunca dejarán de sorprendernos.

LA SIRENITA

La Sirenita

¡La Sirenita! Este es uno de esos cuentos que todos conocemos, como es habitual, gracias a la película de Disney. Sin embargo, la historia original escrita por Hans Christian Andersen dista bastante de la versión edulcorada que hizo Walt Disney, y nosotros, con gusto, os la vamos a destripar.

Esto era una sirena que vivía en el mar con su padre, el rey del mar, su abuela y sus cinco hermanas. Cabe destacar que la sirena NO TENÍA NOMBRE. Simplemente se la llama «la sirena». Ay, Hans..., ¿tan difícil era ponerle un nombre?

Bueno, sigamos. Era costumbre que, cuando una sirena cumplía los quince años, se la permitiese subir a la superficie a ver qué había allí.

El día de su cumpleaños, la sirena (madre mía, estamos deseando escribir Ariel todo el rato, pero es que no, no tiene nombre) subió a la superficie y allí vio un barco con un príncipe muy guapete del que se enamoró al instante.

Pero, OH, DRAMÁTICO GIRO DE LOS ACONTECIMIENTOS, se desató una tormenta horrible. Entre eso y que en el barco estaban un poco piripis porque celebraban el cumpleaños del príncipe, el navío se hundió.

~~Ariel~~ LA SIRENA salvó al príncipe de morir ahogado y le llevó a la orilla, dejándole aún inconsciente cerca de un templo.

Se quedó con él hasta que apareció una muchacha y, entonces, para que no la descubriesen, se puso a observarle desde el agua. El príncipe se despertó y sonrió como un idiota a la otra muchacha, pensando que ella había sido su salvadora. La sirena se puso muy muy triste y se sumergió en el mar. DRAMA.

Pero drama drama. Desde ese momento, la sirena pasaba los días volviendo al lugar donde dejó al príncipe, esperando verla de nuevo, pero nunca lo conseguía y cada día acababa regresando triste y afligida a su casa.

No se había atrevido a contarle nada a nadie, hasta que un día no pudo resistirlo más y le confesó su secreto a una de sus hermanas. Esta era un poco chivata, así que pronto se enteraron todas las demás... y alguna que otra amiga.

Por suerte, una de esas amigas supo decirle quién era el príncipe y dónde estaba su palacio, y allí que se fueron todas juntitas a verle.

Desde ese día, se acercaba allí muchas noches para ver al príncipe y poco a poco fue sintiendo cada vez más afecto por los humanos y por su mundo. Quería saber más sobre ellos, por lo que acudió a su abuela, que sabía mucho mucho.

—Si no se ahogan..., ¿los hombres viven eternamente? ¿No mueren como nosotras, abuela?

Su abuela le contó cómo, a diferencia de las sirenas, que al morir se convertían en simple espuma, el alma de los humanos vivía eternamente elevándose a través del aire hasta las estrellas.

BOOM. A la sirena le moló la idea.

No le gustaba nada eso de convertirse en espumita. Normal, la espuma de mar da un poco de asquete, la verdad.

Su abuela le dijo enseguida que no pensara en eso, que ser una sirena era mucho mejor que ser una persona humana. Al ver que la sirena estaba muy triste, le contó que, para conseguir un alma humana, tendría que casarse con un hombre y que este le prometiese su amor y fidelidad para toda la eternidad. Pero había un problema: su cola.

A los humanos, eso les resulta feo, no lo entienden. Necesitan dos apoyos macizos que llaman piernas.

Ya está, la has liado, abuela.

La sirena se prometió hacer todo lo que estuviese en su mano para conquistar al príncipe, así que decidió ir a ver a LA BRUJA MARINA, que seguro que podría ayudarla.

Todo el mundo temía a la bruja del mar. Era poderosa, tanto que, cuando la sirena llegó, ella ya sabía el propósito de su visita.

—Ya sé lo que quieres —dijo—. Cometes una estupidez, pero te voy a ayudar porque vas a ser muy desgraciada y eso me gusta. Oye, y menos mal que has venido hoy, porque si hubieras venido mañana ya tenías que esperar un año a que pudiera ayudarte. —No aporta nada, pero la tía ahí lo deja caer antes de ayudarla—. Te voy a hacer una pocioncita molona. Vas a tener piernas, aunque te va a doler mucho. A cada paso que des te parecerá que pisas un afilado cuchillo y que te estás desangrando.

—¡Perfecto! Oh, Dios mío, es que le quiero, me da igual todo.

A la sirena se le había ido por completo la cabeza.

—Eso sí —dijo la bruja—, no volverás a ser una sirena NUNCA. O consigues el amor del príncipe antes de que se case con otra o te convertirás en espuma de mar.

—¡ACEPTO!

—Además, vas a tener que pagarme. Como tienes la voz más bonita del fondo del mar, te voy a cortar la lengua y así me la guardo.

—Pero si me quitas la voz, ¿qué me queda? —preguntó la sirena.

(Reconocemos que esta última respuesta es la única que hemos dejado intacta del diálogo original).

—A ver, niña —respondió la bruja—, te quedan tu bella figura, tus ojazos... y, ¡oye!, también puedes bailarle algo...

—¡VALE! ¡Corta! ¡CORTA!

La bruja le cortó la lengua y le entregó el brebaje que la convertiría en humana. La sirena fue hasta el palacio del príncipe antes de que saliese el sol y subió por su magnífica escalera de mármol. Ojo, esto lo hizo ANTES de beber la pócima, así que suponemos que lo hizo arrastrándose o dando saltitos. Toda una escena digna de verse.

Entonces bebió el horrible líquido y sintió cómo una espada le atravesaba todo el cuerpo, tras lo que cayó desmayada.

Al salir el sol volvió en sí, y lo primero que vio al abrir los ojos fue al hermoso príncipe, con sus ojos negros clavados en ella. Ya tenía dos preciosas piernas, pero, claro, cuando el príncipe le preguntó qué hacía allí y quién era, ella solo pudo responderle con miraditas raras.

Por suerte, el príncipe la tomó de la mano y la condujo al interior del palacio. Allí tenía un montón de esclavas y, oye, una más nunca viene mal. ¡Gratis además!

Ella le siguió encantada, aguantando totalmente el dolor de mil cuchillos cortando sus pies a cada paso. Iba totalmente desnuda, por lo que le dieron vestidos preciosos y era considerada incluso la más hermosa de palacio. Solo que era muda.

El príncipe puso a cantar para él a sus bellas esclavas y una de ellas cantó mejor, así que fue recompensada por el príncipe con «una sonrisa y su aplauso». Ojo, NADA MÁS. Que no hay que dar demasiado a los esclavos, ya se sabe.

La sirena estaba muy triste. Ella sabía que podía cantar mejor, pero había sacrificado su voz para estar con él. A continuación, las esclavas empezaron a bailar y, entonces, la sirena empezó a bailar con ellas de forma tan hermosa que todos quedaron maravillados. ¿Cómo pudo hacerlo si no había bailado en su vida? A quién le importa...

El príncipe dijo que quería tenerla siempre a su lado y así fue desde entonces. Ella le acompañaba a todas partes y él cada día la quería más, pero siempre la amó «como se puede querer a una niña». Ni se le pasaba por la cabeza hacerla su reina, ni nada parecido.

La sirena no solo sentía que sus pies se cortaban, sino que directamente IBA SANGRANDO por todas partes. Todo el mundo lo veía, pero por alguna razón a nadie le parecía algo raro. Por las noches, cuando todos dormían, se acercaba a la orilla a meter sus pies en el agua de mar para aliviar su dolor.

Un día aparecieron por allí sus hermanas y charlaron un ratito sobre lo triste que estaba toda la familia con su desaparición. Su abuela y su padre subieron alguna vez a la superficie para verla, pero siempre desde lo lejos, pues tenían miedo a acercarse demasiado a la orilla.

La sirena estaba cada día más enamorada del príncipe y este lo notaba en sus ojos, pero le dejaba bien claritas las cosas:

—Te quiero más que a nadie porque eres la que tiene mejor corazón, la más entregada a mí, y... porque te pareces a una muchacha a quien vi una vez, pero que jamás volveré a ver.

Pues, hombre, querido príncipe, igual tacto, lo que se dice tacto, no tienes. Esa muchacha era esa chica que vio en el templo nada más despertar, la que supuestamente le había salvado. Imaginad la cara de la sirena al oír esto. Y no solo eso, el príncipe también le dejó bien claro que esa chica sería la única a quien él podría amar en este mundo, aunque ella hubiese consagrado su vida al templo y jamás fuera a salir de allí.

Pero el príncipe debía casarse y sus padres concertaron su matrimonio con la hermosa hija de un rey vecino. Entonces, el príncipe se dirigió a su querida sirena volviendo a hacer gala de su increíble tacto.

—Me voy a ver a la chica esta, sirenita mía. Pero, tranquila, no me obligarán a tomarla por novia. No soy capaz de amarla, pues no es la chica del templo. Si no me queda más remedio, te elegiré a ti como mi novia, que al menos te pareces a ella.

Bueno, algo es algo, sirenita, algo es algo.

A la mañana siguiente llegaron en su precioso barco hasta el lugar donde vivía la princesa y... ¡OH, SORPRESA! ¡ESA PRINCESA RESULTÓ SER LA CHICA DEL TEMPLO!

Resulta que, claro, para que recibiese una buena educación, sus padres la habían mandado una temporadita a estudiar al extranjero. Ya sabéis, los idiomas y eso.

La feliz pareja montó en el barco y pusieron rumbo de vuelta al palacio del príncipe. La sirena viajó con ellos y, como ya imaginaréis, su drama cada vez iba a más.

Y de repente, cuando cayó la noche, aparecieron sus hermanas nadando junto al barco..., solo que, en vez de tener cada una su preciosa melena, ahora eran calvas.

—¡Hemos vendido nuestro pelo a la bruja del mar! —le explicaron—. Nos ha dado este cuchillo. Para recuperar tu cola debes hincárselo al príncipe en el corazón y SALPICAR TUS PIES CON SU SANGRE CALIENTE. Si no lo haces, cuando salga el sol... ¡MORIRÁS!

La sirena se acercó sigilosa al príncipe, que dormía con su amada. Le besó en la frente, levantó el cuchillo con la mano temblorosa... ¡Y LO ARROJÓ AL MAR!

El cuchillo, no al príncipe.

No era capaz de hacerlo, así que saltó por la borda de forma majestuosa, sabiendo que se convertiría en espuma y que entonces su alma desaparecería para siempre.

Pero la sirena no se convirtió en espuma de mar, sino que se convirtió en una hija del aire. Y... ¿qué es una hija del aire? Pues, bueno, suponemos que son como una especie de pompas o medusas voladoras muy chulas e invisibles, porque, vamos, nosotros no hemos visto nunca ninguna.

El caso es que las otras medusas voladoras le explicaron que, como se había esforzado mucho, habían decidido concederle ser un espíritu del aire y, si realizaba 300 años de buenas acciones, su alma sería inmortal como la de los humanos.

Fácil.

Así acaba esta historia. La sirena decide dejarse morir por amor y, también por amor, pasará los próximos 300 años haciendo cosas buenas, esperando que su alma se reúna algún día con la del príncipe junto a las estrellas.

Qué bonito. Cuánta sangre. Cuánta espuma.

ISABEL, LA LOBA DE FRANCIA

ISABEL
LA LOBA DE FRANCIA

En esta ocasión vamos a hablaros de una princesa muy interesante: Isabel de Francia, también apodada «la Loba de Francia».

Isabel nació en París en 1295, en una de las familias reales más poderosas de Europa. Su padre era Felipe el Hermoso de Francia y Navarra y su madre era Juana I de Navarra. Ojo, no los confundáis con el Felipe el Hermoso que se casó con Juana I de Castilla, apodada también «la Loca».

Es importante dejar claro esto puesto que hay doscientos años de diferencia entre unos y otros. Eso sí, que quede claro también que todos eran muy hermosos.

Isabel recibió una excelente educación y la casaron muy pronto con el que sería el rey Eduardo II de Inglaterra, con la intención de que el matrimonio calmase un poco los conflictos existentes entre los dos países. La boda se celebró cuando Isabel tenía unos doce años y ya para entonces se la describía como «la más bella entre las bellas del reino y de Europa». Si tu padre se llama «el Hermoso», es normal que algo te lleves, ¿no?

Era morena, delgada y con la piel pálida, siempre encantadora y diplomática, y destacó por su gran inteligencia.

Eduardo II, su esposo, era un tipo peculiar para la época,

ya que, en vez de cazar, asistir a las justas o ir a la guerra, le gustaban la música, la poesía y las artes manuales.

Cuando Isabel llegó a Inglaterra se encontró con que Eduardo tenía una estrechísima relación con su amigo Piers Gaveston. Eduardo le regaló tierras e incluso le nombraba regente cuando se iba de viaje. Hasta en su propia boda, Eduardo se sentó con Piers, pasando de su esposa y su familia, y le regaló las joyas que recibió por su matrimonio.

Todo esto al resto de nobles les ponía enfermos, ya que Piers no era más que el hijo de un soldado. A Isabel y a su familia les parecía una falta de respeto. Así, por ejemplo, en 1311, Eduardo dirigió una campaña fallida contra los escoceses (cuando lo de William Wallace), y tenía tantas ganas de volver con Piers que, básicamente, casi se olvidó a Isabel en Escocia, quien encima estaba embarazada de su primer hijo.

Cuando Piers murió, capturado por Guy de Beauchamp, Isabel no sabía ya qué hacer para llamar la atención de su esposo a pesar de haberle dado un heredero.

Por aquel entonces Eduardo empezó a codearse con un tal Hugh Despenser, un tipo bastante odiado por los ingleses (con motivo). Hugh Despenser y su padre, que se llamaba igual que él, se convirtieron en los nuevos favoritos del rey y empezaron a acumular tierras y riquezas a su costa. Eran los guardianes de todos los bosques y les encantaba encarcelar a la gente, matarla y quedarse con sus tierras, además de robar a la Iglesia. Unos tíos muy majos, oye.

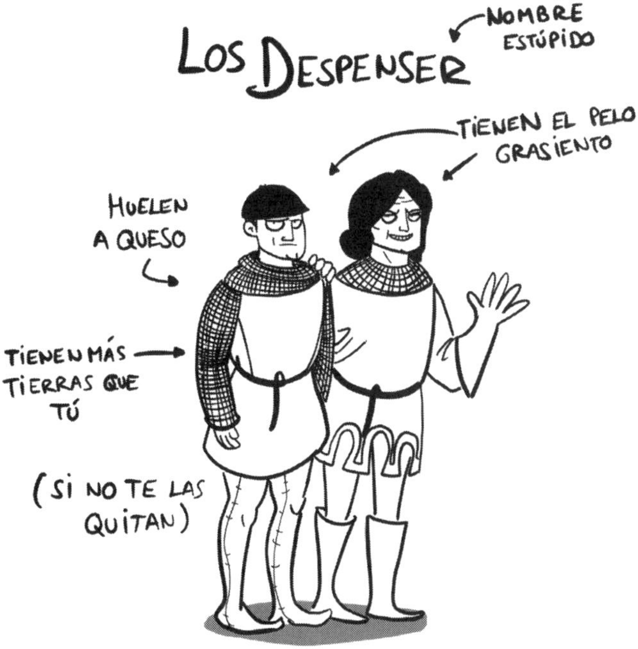

Isabel había podido convivir con Piers, pero los Despenser le eran insoportables.

Frustrada por sus desplantes, Isabel reunió a la nobleza de Inglaterra para perseguir a los Despenser y expulsarlos de Inglaterra, que para eso era la reina, venga ya, hombre.

Sin embargo, Eduardo se puso chulo y decidió tomar partido a favor de los Despenser y en contra de su mujer. Estos acabaron con la familia Lancaster y encerraron a los Mortimer, ambos aliados de Isabel, y siguieron campando a sus anchas sin que nadie les parase los pies.

Isabel pasó un tiempo protegiéndose en la Torre de Londres, que, aparte de ser una buena cárcel, resultaba ser un sitio muy seguro, y allí conoció a Roger Mortimer, de los Mortimer que habían intentado ayudarla. Era un joven muy atractivo que había sido condenado a muerte por inanición (¡toma ya!). Isabel le llevaba comida y hablaba con él en francés. Una cosa llevó a la otra y con el tiempo acabaron convirtiéndose en amigos con derecho a roce.

Y volviendo a Eduardo... Junto con Hugh Despenser Junior, impuso leyes muy duras, encarcelando a un montón de personas, confiscando tierras y ejecutando o castigando a todos los miembros de las familias que se les ponían por delante, ya fueran mujeres, niños o ancianos. A la sociedad esto no le molaba y, en cambio, adoraban a Isabel, que era buena y hacía donaciones continuamente.

De nuevo, Eduardo se fue a guerrear con los escoceses y, mientras tanto, mandó a Isabel a un priorato a esconderse, dejándola prácticamente a merced de los enemigos. Ella se salvó de milagro, pero perdió por el camino a sus dos doncellas.

Tras esto, las relaciones empeoraron aún más. Eduardo y los Despenser confiscaron absolutamente todas sus tierras e incluso a su hijo más joven. Isabel estaba hasta las narices de su maridito y sus amigos, así que decidió que ya no merecía la pena seguir así. Ya no iba a permitir que la insultasen públicamente después de todo lo que había intentado hacer por Eduardo.

Sacó a Mortimer de la cárcel y le dio un salvoconducto por el canal de la Mancha hasta Francia. Luego, le pidió permiso a Eduardo para llevarse a su hijo a Francia, con la excusa de que pudiera conocer a su abuelo, y, cuando llegó allí, le dijo a Eduardo que se habían acabado ya las tonterías, que era un saco de mierda y no pensaba volver con él a Inglaterra nunca.

Bueno, quien dice nunca... Al final reunió un ejército y se lanzó con su flota a través del canal de la Mancha, dispuesta a arrancarle la cabeza a su maridito.

Los ingleses también estaban bastante furiosos con el rey, y más aún con los Despenser, así que se unieron a su megaenfadada reina.

Tras un tiempo, el ejército de Isabel logró entrar en Londres, donde la población se había sublevado, y la reina expulsó a Eduardo II.

Este juró matar a Isabel, incluso estrangulándola con sus propias manos si hacía falta, pero le duró poco la ilusión, ya que fueron él mismo y los Despenser los que serían atrapados por ella.

A Hugh padre le desmembraron, le decapitaron y le ahorcaron, probablemente no en ese orden, y al hijo le hicieron pasear desnudo por la calle mientras los campesinos le tiraban comida y basura.

El joven Eduardito, hijo de Isabel y Eduardo, fue coronado como sucesor de su padre en 1327 e Isabel inició su gobierno como regente junto con su amante, Mortimer. Hizo cosas bastante chulas, como, por ejemplo, acabar la guerra contra Escocia.

Sin embargo, el joven rey nunca perdonó el hecho de que Mortimer se hubiera liado con su madre, así que le capturó y juzgó por traición, siendo condenado a muerte y ejecutado en 1330.

Para Isabel, esta fue la gota que colmó el vaso. Se fue a un castillo a vivir la vida, lejos de las intrigas de la corte. A veces se pasaba a visitar a sus nietos, aunque ya no quería más jaleos.

Quizás esto no ha sido un cuento de hadas, ¡pero no está mal aprender un poquito de historia de vez en cuando!

RAPUNZEL

Rapunzel

¡En este capítulo vamos a trasladarnos a Alemania para contaros la versión que los hermanos Grimm escribieron de este cuento!

Allá vamos.

Esto era un matrimonio que vivía feliz en su pueblito. Ambos deseaban desde hacía mucho tiempo tener un hijo y un día, por fin, la mujer se quedó embarazada. Como buena embarazada, tenía sus antojos. Un día, mirando por la ventana, se encaprichó con comerse los ruipon-ces del huerto de su vecina.

La vecina, por supuesto, era una bruja. ¿Qué clase de cuento sería este si no? El caso es que todos temían a esta bruja y nadie se atrevía a entrar en su jardín.

Sigamos.

La mujer se puso muy dramática con el paso del tiempo. Cada día tenía más y más antojo de ruiponce, una hierba rara de la que se come la raíz, y hasta comenzó a parecer enferma.

El marido se asustó y le preguntó qué es lo que le estaba pasando:

Él la amaba mucho y, evidentemente, no quería que su mujer muriese, así que decidió robar un poquito de esa hierba para su esposa. Error.

Al caer la noche se coló en el huerto de la bruja y cogió un puñadito de ruiponce, con el que hizo una ensalada para su mujer.

Pero estaba tan rico que ella, después de comerlo, se convirtió automáticamente en una adicta y NECESITABA MÁS. (No comáis cosas raras, niños).

Así que, de nuevo, por la noche, él volvió al huerto, donde fue sorprendido por la hechicera.

—¡¿PERO CÓMO TE ATREVES, LADRÓN?! ¡*MARDISIÓN PA'* TI! —le gritó la bruja.

—¡AY, LO SIENTO! ¡ES QUE, MIRA, SI NO SE LO DOY, MI MUJER SE MUERE! —contestó el buen hombre.

Y, entonces, a la bruja se le ocurrió una solución:

—Te dejo coger todo el ruiponce que quieras, pero cuando nazca tu hijo me lo regalas —explicó.

—Mmm..., bueno. ¡Vale!

Sí. Padre del año.

La mujer vio saciada su ansia de comer ruiponce y parece que no le importó en absoluto tener que entregar a su bebé.

Cuando dio a luz a una hermosa niña, el marido la llevó ante la bruja, quien le puso el nombre de Rapunzel, que significa «ruiponce», claro.

Era una niña preciosa y, al cumplir los doce años, la bruja la encerró en una torre muy alta escondida en el bosque. La torre no tenía puerta ni escalera, solo una pequeña ventana en lo alto. Para poder subir, la malvada bruja se ponía debajo de ella y gritaba:

—¡Rapunzel, Rapunzel, deja caer tu pelo! —Y subía trepando por el pelo de la niña.

No tenía poco pelo, no. Sus cabellos eran largos y tan finos como el oro hilado, dice el cuento. En cuanto oía la voz de su «madre», se soltaba su trenza y dejaba caer la melena desde su ventana.

Dos años después, un príncipe pasaba por allí y escuchó la voz de la joven cantando desde su torre. El príncipe buscó desesperadamente la puerta de la torre, pero no la encontró y volvió a casa. Sin embargo, el canto de Rapunzel había calado tan hondo en su corazón que iba cada día a escucharlo desde el bosque.

Un día, cuando estaba cerca de la torre, vio que llegaba la hechicera y la oyó decir algo muy curioso:

—¡Rapunzel, Rapunzel, deja caer tu pelo!

El pelo de Rapunzel voló desde la ventana y la bruja subió por él.

Entonces, al príncipe se le ocurrió una brillante idea: acercarse a la torre al día siguiente y gritar lo mismo. Genio. Figura. Artista.

Total, que al día siguiente, cuando empezaba a anochecer, se acercó a la torre y dijo:

—¡Rapunzel, Rapunzel, deja caer tu pelo! —Y enseguida cayó el cabello de Rapunzel.

En cuanto la niña vio entrar a un chaval, en vez de a la bruja, se asustó muchísimo. Pero, cuando el príncipe empezó a hablar y explicarle cómo su voz había conquistado su corazón, el ambiente se relajó bastante.

El príncipe era todo un conquistador y le dijo cosas superbonitas. Se vino tan arriba que hasta le preguntó si quería casarse con él.

Rapunzel pensó: «Oye, es joven, es buen mozo, esta es la mía», y le dijo que sí.

Mas Rapunzel desconocía la forma de bajar de la torre, así que pensó una manera para poder fugarse con su amado.

—Vas a venir a verme todas las noches y me traerás unos cordones de seda con los que voy a hacerme una escalera. Cuando sea lo suficientemente larga, bajaré y me llevarás en tu caballo —le dijo al príncipe.

La hechicera no vivía con Rapunzel y solo iba a verla durante el día, así que, desde entonces, los enamorados se vieron todas las noches.

Un día, Rapunzel, mientras ayudaba a la hechicera a subir, metió la pata de forma absurda:

—Oye, ¿cómo es que tardas tanto en subir si el hijo del rey llega enseguida hasta arriba? —preguntó.

Brillante, Rapunzel, brillante.

—¡OH, DIOS MÍO! —La hechicera se enfadó—: ¡¿PERO QUÉ HAS HECHO?!

Y entonces, totalmente desatada, agarró a Rapunzel, le cortó el pelo y la llevó a un desierto donde la condenó a vivir entre lágrimas y dolor. Toma ya.

Por si fuera poco, esperó a que cayera la noche y llegase el príncipe, al que engañó con el pelo de Rapunzel para que subiese hasta la torre.

Cuando el príncipe llegó a lo alto, se encontró a la hechicera, que se burló de él diciendo:

—¡MUAJAJÁ! ¡Ya nunca la verás ni la oirás cantar!

Se ve que al príncipe le entró una ansiedad tremenda y decidió que lo más sensato era saltar desde la torre. Por suerte no murió, pero cayó sobre unas zarzas que le atravesaron los ojos y le dejaron ciego.

Y fue vagando ciego por el bosque durante años, alimentándose solo de raíces y hierbas, mientras lloraba la pérdida de su prometida. CUÁNTO DRAMA...

Al final, de tanto andar, acabó llegando al desierto donde vivía Rapunzel. Le pareció oír una voz que cantaba a lo lejos y fue directo hacia ella. En cuanto la encontró, la reconoció al instante y ella se arrojó a su cuello llorando. Y, por supuesto, como este cuento es tan bonito y tan cuqui, las lágrimas le curaron la ceguera y volvió a ver como antes.

El príncipe llevó a Rapunzel a su reino, donde fueron recibidos con gran alegría, y vivieron muchos años juntos y felices.

No sabemos qué pasó con sus padres ni con la bruja, pero suponemos que vivieron también felices en alguna parte. O igual murieron horriblemente.

ANASTASIA

Anastasia

Ay, *Anastasia*... Qué película más bonita, hay hasta un musical sobre esta princesa. Puede que *Anastasia* sea una de las películas favoritas de muchos de los niños de nuestra generación, pero la historia real de esta princesa dista mucho de lo que se cuenta en la película de Fox.

No sabemos qué pasará en los próximos meses, pero quizás, cuando se publique este libro, Anastasia haya sido coronada princesa Disney de forma oficial, ya que la compañía Disney compró Fox el año pasado. Esperamos, de todo corazón, que hagan lo mismo con Deadpool y Lobezno.

Anastasia Nikoláyevna Románova nació el 18 de junio de 1901 en el palacio Peterhof de San Petersburgo.

A sus padres no les hizo demasiada gracia tener una cuarta hija. De hecho, existe la leyenda de que, cuando nació Anastasia, su padre, el zar Nicolás II, se fue a dar una vuelta para asimilarlo antes de ir a verla.

Anastasia tenía otras tres hermanas: Olga, Tatiana y María, y eran todas ellas «grandes duquesas» o «grandes princesas». Eso es mucho más que ser «princesa» a secas, ojo, que los rusos no se andan con tonterías.

A pesar de ser GRANDES PRINCESAS, el zar decidió educarlas de forma sencilla y humilde para evitar que tanta grandeza se les subiera a la cabeza. Las hacía dormir en camas duras y sin almohadas, salvo cuando estaban enfermas, y se debían duchar con agua fría cada mañana. Recordemos que estamos en Rusia, ¿eh?

También las obligaba a ser muy limpias y ordenadas y, siempre que no estuviesen estudiando, debían coser y hacer bordados chulos para venderlos después en los mercadillos.

Los criados solían poner apodos a las princesas y a Anastasia la llamaban *shvíbzik*, que viene a significar «diablillo». Era una niña regordeta, con los ojos azules y el pelo rojizo tirando a rubio. Haciendo honor a su mote, sus profesores la describían como una pequeña gamberra con tendencia a lanzar pullitas y un gran talento para la interpretación.

Era tan tan diablilla que tenía el récord de castigos de la familia, y es que Anastasia era, efectivamente, lo más opuesto a un angelito que podáis imaginar. Aparte de poner la zancadilla a los sirvientes o de gastar bromas a los profesores de forma habitual, solía subirse a los árboles y decir que no bajaba. Un día, durante una pelea de bolas de nieve, metió una piedra dentro de una y dejó KO a su hermana Tatiana.

Hacía trampas y pegaba a sus amigos cuando jugaba, y hasta un día se enfadó con su prima solo porque era más alta que ella.

Una escritora estadounidense llamada Hallie Erminie Rives coincidió con la princesa y dijo algo así como: «Anastasia se pone a comer chocolate con guantes blancos en la Ópera de San Petersburgo y le importa un bledo si se ensucian». Seguro que además eran unos guantes muy caros...

Era muy amiga de su hermana María. Compartían habitación, si podían se vestían con vestidos iguales y estaban casi todo el día juntas, por lo que las llamaban «las dos pequeñas». Por otro lado, Olga y Tatiana, las mayores, también compartían cuarto, pero no molaban tanto como sus otras hermanas.

A pesar de tanta travesura y energía, la salud de Anastasia era regulera. Tenía unos juanetes que le dolían un montón y un par de músculos de la espalda hechos un desastre, por lo que debían darle masajes semanales. Estos masajes le dolían tanto que se escondía debajo de la cama para evitar recibirlos. Además, es posible que las hermanas hubieran heredado de su madre una grave enfermedad genética, la hemofilia. La hemofilia no es nada buena, porque si la sufres no paras de sangrar y la palmas.

Su madre, Alejandra Fiódorovna, tenía un consejero llamado Grigori Rasputín, que era, además, un *stárets*, es decir, una especie de guía espiritual muy sabio. Alejandra le atribuía el hecho de que el zar se hubiera salvado de la muerte en varias ocasiones gracias a sus plegarias.

Desde el nacimiento de sus hijas, la zarina hizo que Rasputín fuese una persona muy cercana a ellas, y las animó a contarle todo lo que quisieran. Este empezó a llevarse muy bien con las niñas. Les escribía cartas y le encantaba visitarlas siempre que estaban solas y en camisón.

Sí, podéis empezar a pensar lo peor.

Una vez, una doncella se escandalizó por esta situación e informó al zar de lo que sucedía, así que Nicolás II pidió a Rasputín que no fuese a las habitaciones de sus hijas sin su permiso.

Pero, claro, pronto se empezó a extender el rumor de que Rasputín había seducido a la emperatriz y a sus cuatro hijas; más aún cuando se publicaron cartas de las niñas y su madre hacia Rasputín en las que decían cosas como: «Mi amado», «Mi querido», «Cómo me gustaría volver a verte», «Hoy te vi en un sueño», «Siempre pienso en ti porque eres muy bueno conmigo»...

Todo esto se les fue de madre y derivó en la propagación de unos dibujitos un tanto pornográficos por Rusia en los que se representaba a Rasputín dando todo su amor a la emperatriz, a las niñas y, por qué no, también a una tal Anna Vyrubova, una de las mejores amigas de la zarina.

Los rumores continuaron hasta que Rasputín fue asesinado en diciembre de 1916 en una historia bastante curiosa. Se cuenta que un noble ruso y muy gay, que estaba casado, eso sí, con una princesa, se encontraba enfermo, así que se acercó a Rasputín para ver si le podía curar con sus artes espirituales. Pero Rasputín aprovechó la ocasión para intentar ligar con él. El noble se ofendió mucho, y entre él y unos amigos le envenenaron, le dispararon cuatro veces, le golpearon con una barra de hierro, le ataron y le tiraron al río Neva, DONDE MURIÓ DE HIPOTERMIA (y no por el veneno, los disparos o la paliza).

Y hasta aquí la historia de este hombrecillo...

Pero volvamos a Anastasia. Poco después de esto, estalló la Primera Guerra Mundial y tras ella la Revolución rusa, lo que hizo que Anastasia y el resto de su familia fueran retenidos bajo arresto domiciliario. Los iban moviendo de sitio según avanzaba la revolución y esto afectó mucho a la familia, sobre todo a Anastasia, que, muy apenada, escribió una despedida a un amigo y un poema superdramático a su profesor de inglés.

Las hermanas aprendieron a esconder sus joyas cosiéndolas en los vestidos para que no las robasen. Esto así, sin contexto, parece muy triste, pero si te pones en el lugar del resto de Rusia, que vivían aún en el feudalismo, pasando mucha hambre y con 2,5 millones de fallecidos en la Primera Guerra Mundial, pues no da tanta pena. Ojo, porque llegamos al final y ya os avisamos al principio de que esto no era una historia bonita como la de la película...

Una noche, los guardias despertaron a toda la familia y les pidieron que se vistieran, ya que iban a ser trasladados a un nuevo lugar para garantizar su seguridad por la llegada del ejército.

Se los llevaron a todos, incluidos algunos sirvientes que aún seguían con ellos, a una habitación para esperar el traslado, diciéndoles que les iban a hacer una foto antes de partir.

De pronto, entraron varios guardias y les informaron de que iban a ser ejecutados. Al parecer, al pobre Nicolás II solo le dio tiempo a decir «¿Qué?» antes de recibir un tiro en la cabeza. Los guardias mataron a todos menos a una de las doncellas, que sobrevivió a la primera ráfaga de disparos..., así que la remataron con las bayonetas.

Según parece, en ese momento había tanto humo en la habitación que, cuando se despejó, se encontraron con que los corsés de Anastasia y María habían amortiguado muchas de las balas gracias a las joyas que habían cosido por dentro.

Y este lío es el que genera el misterio y la posibilidad de que Anastasia escapase con vida de aquella masacre. Hay tres versiones de lo ocurrido.

En una de las versiones, las dos hermanas se encogieron en una esquina gritando hasta que las acribillaron. Según un guardia, a Anastasia hubo que rematarla a bayonetazos y, según otro, resultó que al sacar sus cuerpos vieron que algunas de las hermanas aun vivían y tuvieron que golpearlas en la cabeza.

Durante el siglo XX, al menos diez personas han proclamado ser Anastasia. Hay varias teorías y supuestos testigos que vieron a Anastasia huir herida tras el asesinato, o rumores de que algún guardia pudo haberla ayudado a escapar.

¡EXISTE UNA 4ª POSIBILIDAD!

ANASTASIA ESQUIVÓ LAS BALAS

Y SALVÓ RUSIA.

Nosotros no queremos entrar en suposiciones y, oye, como este libro está lleno de finales y princesas felices, por una vez vamos a quedarnos con este final dramático lleno de sangre, muerte y destrucción, que sabemos que también os gusta.

¡SANGRE!

FIN

LA PRINCESA CISNE

La Princesa Cisne

Así se titulaba otra de esas películas favoritas de nuestra generación, basada en *El lago de los cisnes*, obra que a su vez está basada en un viejo cuento alemán titulado *El velo robado*. A continuación, vamos a hablar un poco de este cuento y del auténtico origen de la Princesa Cisne.

Había una vez en Alemania una región llamada «el campo de los cisnes» y en ella, evidentemente, estaba el lago de los cisnes. El agua de este lago venía de una fuente mágica y, si se usaba, sus propiedades podían hacer que una mujer fuera más hermosa que cualquiera. Eso sí, solo si la mujer tenía sangre de hada o de elfo.

Un ermitaño que vivía cerca del lago se montó un huertito con melones y otras frutas. Este buen hombre se llamaba Benno y la gente del lugar solía acudir a él buscando consejo espiritual.

Cuando Benno se hizo viejo y ya no tenía fuerzas para cuidar sus frutas, buscó un ayudante de confianza. El elegido fue un soldado que se había refugiado en la ermita y decidió quedarse allí, convirtiéndose también en un ermitaño.

Un día, Benno mandó a Friedbert, el soldado, al lago de los cisnes. Su misión era vigilarlo y decirle si había cisnes. Friedbert pasó varios días allí y no encontró ninguno, lo que puso a Benno de mal humor. Normal. Si vives en el lago de los cisnes y no hay cisnes, pues mal. Eso aleja al turismo y los grandes rodajes cinematográficos.

Pero, por fin, Friedbert vio varios cisnes a última hora del día y, al decírselo a Benno, este se puso muy contento. Lo celebraron con una buena cena y, no solo eso, Benno estaba tan tan contento que decidió recompensar a Friedbert por sus servicios POR PRIMERA VEZ EN LOS TRES AÑOS QUE LLEVABA YA ALLÍ.

¿Le dio dinero? No. Se puso a contarle su vida.

Resulta que Benno no había sido siempre un ermitaño, sino que en su juventud fue un caballero bastante golfete, tanto que tuvo que ir a Roma a que le perdonasen, y el propio papa le ordenó ir de cruzadas para demostrar su arrepentimiento. Y no a una, no... A TRES.

Partió hacia Tierra Santa en barco, pero una tormenta le hizo naufragar en el mar Egeo, cerca de la isla de Naxos. A pesar de que no sabía nadar, llegó a la orilla en condiciones lamentables y se recuperó gracias a la hospitalidad de los isleños y su gobernante, Zeno de las Cícladas (son unas islitas griegas).

Benno tenía mucho «amor que dar» como para controlarse, así que empezó a tirarle fichas a la mujer de Zeno, llamada Zoe, que pasaba totalmente de él. Estaba tan obsesionado con ella que hasta enfermó, y al doctor no se le ocurrió otra cosa que animarle a que no se rindiera en su afán de seducir a la pobre muchacha.

Le acabaron pillando y Zeno le desterró a una isla para morir de hambre, pero su mujer sentía lástima por él, así que, cada vez que Zeno estaba fuera, Zoe le enviaba comida. Al final, acabó presionando un poquito a su marido para que perdonase a Benno, con la condición de que nunca volviese.

Fue el mismo doctor del que hemos hablado antes el que le liberó y aprovechó para contarle la historia que ocultaba Zoe.

Esto es raro, ¿vale?

Al parecer era descendiente de una tal Leda, que fue cortejada por un hada convertida en cisne, lo que dio poderes a Zoe para convertirse en cisne a su voluntad. Además, al tener sangre de hada, podía recuperar su juventud yendo una de cada tres primaveras a un lago con agua mágica. Solo había tres de estos lagos: uno en Etiopía, uno en Asia y otro en Alemania. También le contó que, cuando los cisnes mágicos llegaban, se convertían en ninfas y dejaban sus velos y coronas en la orilla. Benno, con su lógica de acosador, pensó que, si era capaz de quitarle el velo y la corona sin que se diese cuenta, Zoe no podría volver a convertirse en cisne, y sería suya.

ZOE Y SUS SESIONES DE SPA CADA 3 AÑOS

Ya os podéis imaginar lo que viene a continuación…

Benno se fue al lago alemán a esperar.

Como veis, Benno no tenía remedio. Después de ir a Roma mostrando su arrepentimiento por la vida de golferío que llevaba y ser enviado a tres cruzadas, antes de llegar siquiera a la primera, ya se había mudado a otro país para acosar a la mujer de un griego.

Benno se instaló cerca del lago haciéndose pasar por un ermitaño, pero cuando vio a Zoe, en vez de intentar robarle la corona y el velo, fue a tirarle los tejos. Zoe, naturalmente, huyó, pero se dejó una cajita con uno de sus guantes y un anillo de rubí.

Y después de contarle su vida, por fin, Benno le relató a Friedbert cómo le iba a recompensar:

La idea no fue otra que recomendarle ir al lago, robarle el velo y la corona a un cisne y procurarse así una buena mujer.

Al parecer, estos dos eran tal para cual, ya que a Friedbert le pareció una idea maravillosa y enseguida se fue al lago a robarle el velo a una muchachilla.

La «afortunada» fue una chica llamada Kalliste, que casualmente era la hija de Zoe. Al no encontrar su velo se asustó, pero, «por suerte», ahí estaba el valiente Friedbert para consolarla, ganarse su amor y, con el tiempo, prometerse con ella. Por supuesto, nunca le contó que él era quien le había robado.

Entonces murió Benno, y Friedbert recogió sus cosas y volvió a su antiguo hogar con su madre, a quien le pidió que guardase el velo y la corona sin darle más explicaciones al respecto.

Sí, Benno muere así de repente y el cuento no da muchas explicaciones al respecto.

Cuando llegó el día de la boda, Kalliste le dijo a la madre de Friedbert que ojalá tuviese un velo griego para casarse y la madre, tan inocente ella, sacó el velo y la corona que le había dado su hijo. Y, claro..., Kalliste los reconoció, así que se enfadó, cogió su velo y su corona, se convirtió en cisne y se fue volando.

Como Friedbert sabía dónde vivía la madre de Kalliste, se presentó allí disfrazado de caballero y llevando puesto el anillo de rubí que Zoe había dejado años atrás en el lago. Esto sorprendió a Zoe y le exigió que le devolviese el anillo, pero Friedbert dijo que no se lo devolvería hasta que se lo tuviese que quitar para casarse con su futura esposa.

Suponemos que Zoe tendría soldados o algo. ¿No habría sido más fácil apresarle y quitárselo que ceder ante semejante chantaje? Al fin y al cabo, él solo era uno...

Pues no, Zoe, que ha demostrado de sobra que de tan buena era tonta, le buscó a Friedbert las doncellas más guapas del reino. Pero a él no le gustaba ninguna. Tras varios meses así, él le dijo que a quien quería era a su hija Kalliste. Pese a que al principio Zoe no se mostró muy dispuesta a dejar que ambos se vieran, acabó cediendo. Cómo no...

Kalliste le rechazó, pero Friedbert había aprendido del mejor maestro, y consiguió engatusarla para que le perdonara y se volviera a enamorar de él.

Friedbert le contó entonces a Zoe de dónde había sacado el anillo, y le habló de Benno. Vete tú a saber qué historia le contó, porque Zoe decidió perdonarle por robar el velo de su hija al «haber sido instigado por Benno» y le felicitó por haber servido al ermitaño tantos años de forma tan leal.

Y ale, Kalliste y Friedbert se casaron por fin y fueron felices hasta que él murió de viejo y ella no, claro, porque era una ninfa cisne mágica descendiente de hadas.

Bueno, hay un lago y hay cisnes, pero esta no es la historia del famoso ballet con música de Chaikovski.

Y lo que vamos a contar a continuación... tampoco, porque resulta que hay OTRO CUENTO MÁS en el que podría estar basada esta famosa obra, llamada *El patito blanco*. Y es nada más y nada menos que un cuento ruso. Nuestros favoritos.

Un rey debía irse de viaje y dejar a su esposa, pero antes de partir la advirtió de que no abandonase su habitación y no escuchase malos consejos. ¿Parece un consejo de maltratador? ¡Sí! Pero se ve que tenía razón.

No sabemos cómo sucedió, pero una bruja la sacó al jardín, luego la llevó a un lago y allí la convirtió en una pata blanca, robándole su identidad y convirtiéndose ella misma en reina.

La pata puso tres huevos en su nido y de ellos salieron dos patitas y un patito. Cuando nacieron, les dijo que no fuesen al castillo, porque allí vivía una bruja muy muy mala, pero un día la bruja los vio y los invitó a entrar al castillo y quedarse a dormir. Las patitas se durmieron, pero el patito se mantuvo alerta y, cuando la bruja iba para ver si se habían dormido, él siempre respondía que no, hasta que la bruja se cansó y entró directamente para matarlos.

Y los mató, sí. Por eso nos gustan tanto los cuentos rusos. No se andan con tonterías.

Cuando la mamá pata entró a buscarlos, los encontró muertos y se puso a llorar. Entonces, con el escándalo, apareció el rey y la bruja le explicó que había una pata muy molesta a la que debía capturar. El rey dio la orden, pero, como los sirvientes no eran capaces de atraparla, tuvo que ir él mismo a por ella. Sin embargo, cuando lo intentó, la pata se convirtió en humana de nuevo y le contó al rey que, con un poco de agua del lago, los patitos se convertirían en sus hijos. Y así fue... Todos acabaron contentos y la bruja condenada a ser desmembrada.

Y después de este bonito cuento, ahora sí, vamos al lago de los cisnes y con ello, por fin, a la princesa Odette, que todos conocimos gracias a la famosa película de cuando éramos peques.

El lago de los cisnes es un ballet que dura dos horitas y veinte minutos, divido en cuatro actos. Tranquilos, vamos a resumirlo un poco.

Un príncipe llamado Siegfried estaba celebrando su cumple con los colegas cuando apareció su madre, que estaba preocupada por su vida de fiestas y jolgorio, para recordarle que debía elegir esposa la noche siguiente, durante un baile que se iba a celebrar en el palacio. A Siegfried le preocupaba mucho no encontrar el amor, así que su amigo Benno y su tutor le intentan animar llevándole a cazar cisnes.

Siegfried se separó de sus amigos durante la cacería y, justo cuando apuntó a uno de los cisnes que habían aterrizado en el lago, este se convirtió en una bellísima doncella llamada Odette. La doncella le contó que tanto ella como sus compañeras eran víctimas de un terrible hechizo por parte del horrible hechicero Rothbart. Durante el día se convertían en cisnes y solo por la noche, y al lado de ese lago, creado con las lágrimas de la madre de Odette, podían volver a su forma real. CUÁNTO DRAMA...

El hechizo solo se rompería si alguien que nunca hubiera amado le juraba amor eterno a Odette.

De repente, Rothbart apareció y Siegfried intentó matarle con su ballesta, pero Odette le detuvo, pues, si el hechicero moría antes de romperse el hechizo, se quedaría convertida en cisne para siempre.

Entonces, Siegfried rompió su ballesta y se propuso ganarse el amor de Odette, pero al hacerse de día el hechizo obligó a los cisnes a huir.

Llegó el baile y la reina presentó a Siegfried seis princesas como candidatas para su matrimonio. Rothbart también estaba allí, con su hija Odile, transformada en Odette para engañar a Siegfried, solo que, en vez de ir vestida de blanco, iba de negro.

Aunque las seis princesas intentaron atraer a Siegfried con sus bailes, este solo tenía ojos para Odile. Y, pese a que Odette se le aparecía para intentar advertirle del engaño, proclamó a toda la corte que se casaría con Odile, jurándole su amor eterno.

Entonces, Rothbart le contó la verdad y, como buen hechicero malvado que era, le mostró una visión de la Odette real, que estaba muy triste.

Siegfried corrió al lago, donde las doncellas cisnes intentaban reconfortar sin éxito a Odette. Entonces, Siegfried realizó una apasionada disculpa y ella le perdonó, pero lo que había hecho no podía deshacerse. Odette confesó que, antes de quedarse convertida para siempre en cisne, prefería la muerte.

Siegfried se unió al suicidio en pareja y se tiró al río, lo que hizo que, al tratarse de un valiente acto de amor verdadero, el hechizo se rompiera, y Rothbart perdió su poder y murió.

Digamos que esta es la versión original del cuento, pero, con los años, se han llegado a representar versiones con finales alternativos en los que, por ejemplo, Siegfried mata a Rothbart; Siegfried se casa con la hija de Rothbart y Odette se queda convertida en cisne para siempre; Siegfried mata a Odette con su ballesta al intentar matar a Rothbart...

Como veis, hay versiones para todos los gustos. Os recomendamos elegir la que más os plazca y empezar las clases de ballet mañana mismo.

FIN

Queridos amigos de *Destripando la Historia*,
lamentamos decir que, una vez más...

¡HA LLEGADO EL FINAL!

Nos gustaría dar las gracias a todos aquellos que han hecho posible este segundo libro y que DLH siga llegando cada día más lejos.

Si te has topado con este libro por casualidad y sin conocer previamente *Destripando la Historia*, debes saber que tienes un enorme mundo por explorar.

Búscanos en las redes sociales que hábilmente hemos colocado en la contraportada de este libro, o escanea este código mágico...

¡Y DESCUBRIRÁS QUE DLH ES MUCHO MÁS QUE UN LIBRO!

¿QUIERES MÁS?

¡DESCUBRE EL LADO MÁS VILLANO Y CANALLA DE NUESTRA HISTORIA!

ESTE LIBRO SE TERMINÓ DE IMPRIMIR
EN EL MES DE MARZO DE 2019